JN106975

ささやき

表口和巳 詩撰集

竹林館

表口和巳詩撰集　ささやき

＊

目次

表口和巳 詩撰集

ささやき

*

一冊の詩集

窓辺に置きっぱなしにしていたので
時々風がめくっていた
少し破けたり
かなり黄ばんでしまっていた
せわしく紡いだ年月のあと
時がゆったりと流れ出す
我が頬のしわやしみを
宝物だと開き直る今

ひび割れた手でパラパラとめくってみる
青春というタイトルの詩集

そこには
まるで他人のように
一人の少女が歩いている
あふれる心を抱いて
霧の中をさまようごとく……

もはやさまよいはしないけれど
少女の見たあの頃の空は

もう見えない
だからこそ美しいその一冊を
気まぐれな風に
ゆだねておこう

少女の出逢ったもの

どこまでも広々とつづいていた畑
ほっとさせる藁葺きの小屋の点在
そんな風景の中を歩いていくと
木造の村の学び舎
図書室には書棚にぎっしり並んだ
世界文学全集

雨の降りつづく時や

たそがれ迫る頃に
少女は借りてきた物語の中に住みついていた

彼女の出逢ったものは何だったのだろう……

国を越えて　時代も越えて
人々の魂に出逢っていたような……

そこには　愛や勇気や希望に生き
挫折や憎しみ悲しみにも喘ぐ人々の思いがふるえていた
国を越え　時代も越えて

ホタル

茶の間の片隅に
ホタルかごが吊るされていた
母が電燈を消した
読めるかどうか試そうと
兄が童話の頁を開いた
幼い私が
母と一緒に見つめていたホタルの光

今でもあの日のホタルが
私の道を明るくしてくれる

セミ百匹

海辺の村で大きな岩の上に　ほんとにセミ百
匹いたんだよネ！　全部カゴに入れたんだ
かわいそうだからって君が言って二人ですぐ
に逃がしてあげた　羽が少しやぶけててなか
なか飛べそうになかったセミの一匹が　ゆっ
くり飛んでいくまで見送っていた……君との
すきとおるような真夏の一瞬

少年

青空高く
クレーン車が
そびえるのをみたとき

耳もとに
ガチャガチャと
玩具箱の中をかきまぜる音がよみがえった
小さな車たちにまざっていたあの小さなクレーン車

遠くへ
遠くへとかけていく子を思って
晴れた空のような
からっとしたかなしみが
心をよぎった

娘からの公衆電話

嵐の日だった
放課後　教材を買いに街に出かけて
友人たちにはぐれてしまって
迷子になっているの　と言う
方向音痴の私に道はたずねない
なんとしても帰り着くからね！

初めてのような　嵐の日だった……

春風

女の子が
卓上のメモ用紙に
飲み残しのコップの水をかけて捏ねている
新しい紙を作っているのよ

お止し！　ばっちいから
大人が顔をしかめる
紙はだな　パルプと粘土とかで

しどろもどろに大人がいう

女の子は
泣きべそをかいて手を休める

やらせておやりよ
紙を作っているのだから
私が見かねて助け舟
女の子はほっとして
再び
かわいい両手で捏ね始める

それから台所へかけていって
ブロッコリーの葉を持ってきて
それをちぎって
模様をつけるという

冬が終わって
女の子は
創ったものを大切に小箱に入れて
遠くの自分の家に帰っていった

やがて春風が立ち
私は窓外の青空に
みどり色の模様の入った一枚の紙が
ひらりと舞う幻影を見た
あの日女の子が見ていたものと同じものを
私も見ていた

夏祭り

「もしもし　ヨーヨーはまだしぼまないの」
実は預かっていたヨーヨーは
すぐしぼんだのです
おばあちゃんは
知らせるって約束したのは覚えているけど
知らせるのうっかりしていてごめんなさい

秋冬そして春の間

ずっと待っていてくれたのですね
お祭りで買ったヨーヨーがしぼむのを
これからは
約束を破らないようにしますから

その内また
あなたがやってくる夏祭りですね
何かがぎっしりつまっていて
私には
なつかしくて重たい夏
五歳のあなたにはどんな夏でしょう

*

ことことことこと

その昔ふるさとからの小さな小包
にしんを芯にした昆布巻きが十数本
──水に浸してからことことことこと炊いて下さい──
たった一行の母の手紙

あの昆布巻きを作ってみようかな
でもそう思ってみるばかり

ことことことと口ずさむうちに
子供の頃の台所に
私はすうっとしのびこんでしまった
ことことことこと
なべの中から音がする

忘れられたかのような火のないかまどの
大きな釜
ある日村に
石油コンロがお目見え

夕暮れどき
案外おいしい御飯が炊けたよ
少し言い訳をするような母の声

朝五時にはかまどに火をつけて
大きな釜で御飯を炊いたものよ
村を離れてからも老いるまで
誇り高くくり返された母の語り草
でもそれは
お母さん少しはつらかったのでしょうか

白い割烹着に
窓から夕日が落ちている
使い古した大きな釜にも……

白足袋

道ゆく人の白足袋が目にとまると
私ははっとする
母さんの白足袋を思い出して……

母さんは
沢庵を漬けるとき樽に干した大根を
糠と塩でいい按配に漬けたあと

樽の上に立って
何度か足踏みをするように踏むのだった
それがすんでから重石をのせる
その作業のとき
白足袋をはいていた
はきつぶした古いのは
食べ物を作るときには適さないし
新しいのは何ぼなんでももったいないからといって
何度かはいてきれいに洗濯したのを
その日のために毎年一足用意していた
晴れわたった青い空に

樽の上に立った小柄な母さんの笑顔が
吸いこまれていくようだった

母さんの自慢の沢庵……
心には残っているあの味が
目をつむっても
もう思い出せない

「熱っ」

台所の映像がかすんでいる
あつっ！　もはや声だけが聞こえる
四人のきょうだいたちが口々に言っている

母さんならへっちゃら
やけどしないの？
大丈夫？

魔法の手がさっと伸びて運んでいく
それが何だったのかも思い出せない

母親は
熱くて持てないはずのものを
どんな風にして運んだのだろう……

びわ

八百屋さんの店先で
たまに見かけたびわ
急ぎ足で歩きつづけた若かった頃
あらっと思ってちらっと見てまた歩いた
たまに立ち止まってみても
おいしそうと思うよりなつかしさの中にいた

老いて今　思いがけず

冷えたゼリーの中の
だいだい色の一切れのびわの実に出逢う

一本の大きなびわの木があった
収穫の時　父は
どこからともなく集まってきた村の子等に
分けてあげていた
ゼリーにつつまれて
ほのかに甘く匂うふるさと

一本の大きなびわの木があったっけ

はるかなまぶしさよ

お母さんが亡くなってから
その一生を
心で復習しました
その時その時のあなたの気持が分かって
私はお母さんのお母さんになってしまいました

今ふとお母さんの笑顔が浮かんできました
そのはるかなまぶしさに
お母さんのお母さんになってしまったなんて
私の思い上がりでしかないことに
気付いたのです

里帰り

駅まで送ってあげると母がいった
京都駅の雑踏
その時母は
エスカレーターに足を一歩踏み出せなかった
人の列がどんどん延びていく
兄嫁も私も途方にくれてうろたえていた
落ちついてゆっくりどうぞ
列の後ろの方から誰かの励まし

ついに兄嫁が必死で
一二三と号令をかけた
三人で手をつないで飛び乗り
また一二三で飛び降りた
母は笑いころげた
母さんごめん！
こんなに老いていたなんて……
ほんとに久しぶりの里帰り

笑いころげた母の気持
今も抱きしめている

待ちぼうけ

ぼうだらの炊き方教えてと実家に電話したので
怪獣のミイラみたいなぼうだらで
冷蔵庫を一ぱいにして
私の里帰りを待っていてくれたのに
日常に埋没していた私は
何度も何度も約束を破った
――また今度もあかなんだ――
母さんはぽつんとつぶやいていたそうな

母さんの　母さんの待ちぼうけ

母さんが最後の入院のとき病院の廊下を歩いたという
靴の遺品が
私の許に
ぼろぼろになってもう手許にはないのに
靴音だけが残された
どんなに耳を澄ましても
私の方に近づいては来ない靴音
決して消えないだろう靴音
私の　私の待ちぼうけ

*

繕い女《びと》

日がのぼって
窓ガラスがキラキラ輝いているのに
女の心は重かった

夕べ
大切なものをこわしてしまったせいだろう
こわしては繕い繕ってはこわし
また繕ってきた愛を

そして
きょう
女はせっせと繕い女《びと》になる

このごろ
女の耳に
男が繕うかなしくあたたかな音が
聞きとれるようになってきた

満員電車

遠い遠いあの日が蘇る
私も用があって
早朝　出勤する夫と出かけた
電車の中で
足が地に着かない
まるで人混みの中に浮かんでいるよう
私の意志を離れて
私の右腕と私の左腕が

ぐっと離れたところにある
あの電車に
毎朝ゆられていた夫……
三十八度の発熱の日だって

その日の縫子さんへ

お気に入りのコートにふとふれた私の指が
イタッと感じました

私の訪れたこともない国で
あなたが織ってくれただろううっとりする
色合いの織物で
あなたが縫ってくれただろう上衣に
待針が忘れられていたのでした

何か考えごとでもしていたのでしょうか
とびきり楽しいことかしら
それとも底なしの悲しみでしょうか

まっ昼間よりも明るい夕ぐれの店内で
背広姿の紳士とスーツを着こなした女性が
丁重に詫びを言ってくれました

安心してね
待針は抜けたのでした

お見事！　文明の利器で

その時
私自身の体内から一本だけ針が抜けていくのを感じました
サラサラと流れる汚れのない音を私は聞いていました
このときの白昼夢を私は忘れることが出来ません

あなたは今日も見知らぬ女たちのために織りつづけ
見知らぬ女たちのために縫いつづけていることでしょう

待針は抜き忘れてもいいのですよ
からだの中の針のことを
そっと教えてあげることになるのですもの

ひとりごと

小さなお店で
手作りの野菜の煮物を買った
ごぼうがささがきよりはるかに長くて
ささがきよりもうんと分厚くて
とってもおいしいこといったら！
初めて出逢ったごぼうの切り方

そうだわ

いろいろの野菜を
好きなように刻んでみようかしら
今まで切ったことも
見たこともない形に

行き当たりばったりに
好き放題に切った野菜の山を
想像してみる……

白いすずらんの花束

十代の頃の仲良しから
手作りの小さな花束が贈られてきた
北のまちの友の庭は
今すずらん一色で賑わっているという

浅めの白い花器に生けた
何かを包みこんだまま
一つ二つとこぼれはじめ

やがて鮮やかなみどりの葉が
うすらぎはじめた

ドライフラワーにと吊るしてみた
それもいつかは朽ちてしまうだろう
その時のカシャカシャという音は
悲しいけれど
私の心にずーっと枯れない花が咲く

切れた電話

昼下がり
電話のベル
急いだけど間に合わなかった
だれからだったのかしら
次々と浮かぶなつかしい顔

お元気？
なつかしいわね

あの人もその人も
あのこともそのことも
もはや車窓の景色のように流れていく

同じ昼下がり
見知らぬ人がどこかで
番号の間違いに気づいて
あわてて受話器を置く

台所

女性たちは
そこから
もう巣立っていったのだろうか

そこには
窓などなかったと聞く
来る日も来る日も素手で百回かきまぜ
魚の煮汁とその骨を入れて

糠床は奥ゆかしく匂う
コトコトコトコト煮物の湯気が心に浸みる
でも
法律のようなレシピ
彼女たちのつつましい沈黙の哀しみ

そして
私の日々には
倣った炊事に　私を加えた
少しずつ少しずつ
心おどった

私の友　野菜たちが片隅で季節を告げていた
台所と社会との太いパイプに気付いた私
半分だけそっと開いた小さな小さな窓から

やがて
ぱっと開かれた窓から
ある日はそよ風　ある日は嵐も
明るい灯りがともって
台所はファミリーのものに

女性たちはそこから

もう巣立ってしまったのだろう　きっと

どこへ?

雪

湖のほとり
ふるさとの村に雪が降る
テレビの画面一面に

私には
あの頃よりも白く見える
流れ去ったひと日ひと日を
雪がだきしめて

白くしたのかしら

雪の中から
思い出が飛び出してくる
もはや何もかもが無彩色になって
なぜか心だけがその頃のままに……

初出一覧と覚え書き（選者評は抜粋）

一冊の詩集　２００２年１月（毎日新聞千葉版文芸投稿欄）房総文園
掲載　鶴岡善久 選

少女の出逢ったもの　２０１５年

ホタル　２００４年２月　房総文園掲載　鶴岡善久 選
（評）最終二行によってこの詩のホタルの意味が
明白になる。

セミ百匹　１９７６年頃のこと

少年
娘からの公衆電話
春風
夏祭り
ことことことことこと

1983年9月 「婦人と暮し」（廃刊）掲載
高田敏子 選
1983年頃
2006年3月 房総文園掲載 鶴岡善久 選
（評）静かに読み返すと春風を感じ、みどり色の美しいまぼろしの紙が見えてくる。秀作である。
2008年7月 房総文園掲載 鶴岡善久 選
2009年2月 房総文園掲載 鶴岡善久 選
（評）母からのにしんの昆布巻きの思い出をしみじみと語る。タイトルにもなっている擬音がき

白足袋

「熱っ」

びわ

わめて効果的に使われている。題材の選び方とセピア色の感じの表現が抜群の秀作である。

2008年10月　房総文園掲載　鶴岡善久 選

2015年

2018年4月

(評) びわというのは確かに不思議な果物です。「おいしそうと思うよりなつかしさの中にいた」――そう正にそんな思いに誘います。たった一行の最終連「一本の大きなびわの木があったっけ」実に鮮烈です。そのびわの木、今も私の心の中に立っています。(原 詩夏至氏)

はるかなまぶしさよ　２０１３年４月

里帰り　２００５年３月

待ちぼうけ　２０１４年

繕い女　１９８４年３月「婦人と暮し」掲載　高田敏子 選

（評）傷を繕いつづける愛の深さの悲しみを伝えている。そして相手も同じに傷つき繕っているのだと気づく終連がこの詩のよさとなっている。

満員電車　２０２２年

その日の縫子さんへ　２０１５年

ひとりごと	２０１５年
白いすずらんの花束	２０１６年７月
切れた電話	２０１５年
台所	２０２２年『千葉県詩集』（第54集）掲載
雪	２０２２年３月

表口 和巳（おもてぐち かずみ）

1938（昭和13）年生まれ　千葉県柏市在住

京都教育大学卒業

京都市立中学にて三年間の教師生活を経て、結婚のため退職

第11回「香・大賞」（写真・エッセイ）エッセイ部門銅賞入賞

新聞・雑誌の投稿欄への投稿で詩を学ぶ

所　属　日本詩人クラブ会員、千葉県詩人クラブ会員

ポエム・ポシェット 35

◆

表口和巳詩撰集　さ さ や き

2022 年 6 月 1 日　第 1 刷発行

著　者　表口和巳

発行人　左子真由美

発行所　㈱ 竹林館

〒 530-0044 大阪市北区東天満 2-9-4 千代田ビル東館 7 階 FG

Tel　06-4801-6111　Fax　06-4801-6112

郵便振替　00980-9-44593

URL http://www.chikurinkan.co.jp

印刷・製本 モリモト印刷株式会社

〒 162-0813 東京都新宿区東五軒町 3-19

© Omoteguchi Kazumi　2022 Printed in Japan

ISBN978-4-86000-474-3　C0192

定価はカバーに表示しています。落丁・乱丁はお取り替えいたします。